정은 여기 두고

민웅식 시집

정은 여기 두고

문학수첩

존재는 곧 무상이나
무상에 잡히지 말고 상을 보아라
상은 무상 속에만 있으니
무상은 귀하고 중하여라

차 례

제3부 오늘은 무요일

제1부

먼 산이 따라온다

구름

구름을
보고 있으면
먼 뒷날을 생각게 된다

나도 한 닢
흰 구름이 되어
푸른 저 하늘을
흐를 것은 아닌가

멀리 내려다보면
오늘을 살던 이 서러운 인연이
담 모퉁이 핀 한 송이 봉선화로
어여쁘게 눈물겹게 보일 것은 아닌가

지금 푸른 하늘
먼 뒷날에서
멀리멀리
오늘을 생각하는 것이다

돌

너마다 너마다
손의
피 묻은 돌은
누구를 정죄한 표적입니까

아무도
이미 죄인일 수 없는
이 거리에서

나도 하나 돌을
손에 쥐고
지금 내가 가는 곳은
어딥니까

첫눈

밤새 별들이 내리운
새하얀 눈

이 메마른 벌판을
덮어주십시오

아무도 밟지 않은
첫 새벽길

고운 살결에
뜨거운
내 뺨을 부벼보고

사옥사옥
내 발자국을 남기며

눈부신
당신의 가슴 위
걷게 하여주십시오

유리창

네가
나일 수 없는
차디찬 한계이다

거기에 비친
희미한 나의 얼굴이

언제고 건너 보는
너의 얼굴 위에 겹쳐
또한 나를 쳐다보고

너 아닌
나와 주고받는
오늘의 외로운 회화가 있다

달밤

푸른 달밤에
들길은
강물같이 흐른다

흐르는 강물에
일그러져 떠가는
나의 그림자

걷는 자욱자욱
일그러진 그림자를
울며 밟고 홀로 가면

먼 산이 먼 산이
나를 에워싸고
이 한밤 따라온다

하오 下午

일곱 빛 테이프의
무지개를 휘감고
찌그러진 아스팔트 위를
자동차들이 줄져 달린다

신부와 신랑의
꾸겨진 창자를 싣고
먼지를 연기처럼
가난처럼 휘날리며……

가로수들의 그늘이 여윈
하오의 거리

닦아도 닦아도
흐려지는 유리창
나의 마음에
아무렇게나 낙서라도 하고 싶은
뿌우연 먼지 속

하늘에서

해는

쓸쓸한 미소를 띄운다

모색 暮色

무덤이 보이는
북향 대문에서
조르르……
아이가 뛰어나온다

여기는 그늘진
삶의 뒤안길
저무는 하늘 아래
바람이 부는데

온 소리는 죽고
뉘 집에서
들려오는
먼 날의 시계 종소리

가로수

이제는 가을
돌아가겠다

푸르던 몸 누렇게
마지막 사치하여
불어오는 바람결에
돌아가겠다

여름 햇볕 아래
한갓 나 섰었음은
그늘을 지어
너를 가게 함이었으니……

지나온 나날
내 마음 밟아 간 이 길 위
지금은 나 없이도 갈 수 있을
너의 멀어가는 뒷모습에

이별의 숱한

눈물 뿌리며
돌아가겠다

눈이 내린다

눈이 내린다
그리고 눈이 내린다

하늘의 반쯤 열려진 대문
들여다보이는 고요의 뜰 안
하얀 장지문 속 숨은 이야기

그러나 넘어설 수 없는 울 밖
세월의 좁은 골목길
끝없는 나의 서성거림 위에

눈이 내린다
마지막 유예猶豫의 눈이 내린다

제2부

있는 듯 없는 듯 바람으로

풍경風景

나는 소리를 쳤다
빈 언덕 위
아무도 돌아볼 사람은 없었다
휘날리는 비단처럼
물결치는 푸른 하늘이
나를 칭칭 휘감고만 있었다

자욱한 안개 속
잿빛 얼굴에
때 묻은 옷을 입은 사람들
그네들 버릇으로 인사를 하면
고개 숙이어 나는
저승 같은 그 마을을 걸어갔었다

어딘지 고향과도 같은 곳
온갖 것이 부서진
벌판이었다
훤한 하늘 아래 여기저기
타다 남은 기둥들이

눈먼 파수병 모양 서 있을 뿐

부서진 온갖 것이
짙어오는 어둠 속
눈부신 금빛을 아름답게 빛내며
하나하나 일어나 춤을 추었다
찢어진 나의 육신도
금빛을 내어

아침은 오지를 마라
밤은 길어라 밤은 길어라
나의 무서운 꼴 보지를 않게
아침은 오지를 마라 밤은 길어라……
밤하늘 드높이
노래를 부르며

별

까마득한 길을 나는 뛰었다. 어두운 밤하늘 저마다 자리에 총총히 빛나는 먼 꼭 하나의 별을 바라보고 까마득한 길을 한사코 뛰었다. 아무리 뛰어도 내 자리는 도무지 그 별에 가까울 수는 없이 땅 위에 나는 쓰러지고 말았다.

긴 시간이 흘렀으리라. 머리를 들고 다시 우러러보는 하늘에. 어느새 크낙한 하늘이 돌아서 내 머리 위에 다가온 저 별—나 또 하나 빛나는 별이 되어 쳐다보고 지금 하늘만을 하늘만을 우러른 채 이 자리에서 별을 기다린다.

문門

긴 행렬이 나를 향하여
먼 지평으로부터 오고 있었다
문처럼 서 있는
나의 가슴을 뚫고
행렬은 끝없이 지나가고 있었다

나는 시시로 변해가고 있었다
아버지의 모습으로
할아버지의 모습으로
냇물을 거슬러 오르듯
조상들의 모습으로
나는 변해가고 있었다

끝내는
흔들리는 한 그루의 나무로
엎드린 검은 바위로
있는 듯 없는 듯 바람으로
변해가고 있었다

이제는 빈 하늘
나의 가슴을 뚫고
하나의 빛 소리 없는 발소리가
지나가고 있었다

먼 지평으로부터
문처럼 서 있는 나를 향하여
끝없는 내가 오고 있었다

붕괴 崩壞

누리의 변두리는 지금 허물어지고 있었다
모래알로 모다 돌아가고 있었다
거리를 걸어가며
멀리 밀려오는 파도 소리 같은 그 소리를 듣는 것이다

어느덧 나는 가없는 모래 벌을 걸어가고 있었다
손을 잡고 걸어가던 네가 한 줌의 모래알이 되어
나의 다섯 손가락 사이로 흘러내리고 있었다
마지막 꽃잎 모양 나는 조용히 모래 속에 파묻히고 있었다

거리를 걷고 있는 나의 가슴 안에서
철석이는 파도 소리 같은
나의 허물어지는 소리가 들려오는 것이다

거울 1

처음, 산이 있고 물이 있고, 넓고 푸른 하늘에 솜구름이 있었다. 달이 있는 밤 향기로운 들에 풀벌레는 울고, 아침이면 떠오르는 붉은 해가 있었다.

이 천지간에 나 하나 있었다.
산이 물이 구름이 그리고 온갖 것이 비치는 마음 하나 있었다. 산을 보곤 산이 되고, 물을 보곤 물이 되고, 구름을 보곤 구름이 되고…… 그러나 제 모습은 못 비치는 하나의 거울처럼—

그것은 오히려 뜻 없는 또 하나의 산이 아니었던가. 물이 아니었던가. 구름이 아니었던가…… 너울거리는 풀잎이, 썩어가는 나무토막이. 내던진 돌멩이가 아니었던가. 있어도 없는 것이 나는 아니었던가.

이것이 천지간에 너 없이 홀로 있는 내 모습이 아니었던가.

거울 2

마주 선 두 거울로
너와 내가 그리움으로 마주 보면
너와 나의 마음 안에
끝이 없는 창문이 열린다

세상의 뜻 없던 모든 것이
무량의 황금으로 되살아나고
오늘 이 황량의 벌판도
오색의 꽃밭이 된다

티끌로 돌아갈
너와 나의 육신마저
서로 한없이 울림 하는 금슬琴瑟이 되어
구름 너머 별들의 가락을 탄다

마주 선 두 거울로
너와 내가 그리움으로 마주 보면
너는 내 속에 나는 네 속에
눈부신 아침의 창문을 연다

거울 3

나의 마음은
열 스물로
깨져 흩어진
작은 거울 한 조각

흩어진 거울마다
조각난 하늘
조각난 구름

다시는 돌아오지 않을
그 여름과 겨울
그리고 칼날 같은 아픔의
낮과 밤이 비치고

나의 마음은
잠시 겨울의 햇볕으로
당신의 미소가 머물다 가는
작은 거울 한 조각

그림자

하얀 햇빛 속에서 길은 더욱 외로워가오. 점점이 흩어진 낙엽 위를 지금 구름 흐르듯 지나가는 그림자가 하나 있소. 그 주인은 보이지가 아니하오. 분주한 길 어느 모퉁이에서 잊었는지 또는 처음부터 혼자였는지도 모르오. 그러나 왼하루 골목과 골목, 거리와 거리를 주인을 찾아 헤매고 있소. 피와 살은 말라서 부피는 없소. 모양새만 남고서 눈과 귀는 멀어버렸소. 길바닥을 핥고 가는 때 배인 걸레의 몰골이오.

이제 하루 해도 가고 지구는 기울어졌소. 골목들은 하품을 하고 거리는 비스듬히 눕기를 시작하오. 밤이 창문마다에 벌겋게 눈을 뜨오. 어둠이 산마루 저 너머에서 바다처럼 밀물져 오고 있소. 불어가는 물속에 발목과 무릎이 빠져 들어가오. 피곤하여 더는 갈 수는 없소. 물살은 자꾸만 가슴으로 목으로 기어 올라오오. 기억처럼 가느다랗게 파도 소리가 들리오. 멀리 잊은 어머니의 자장가 소리가 마지막 들려오오. 가없는 바다 어둠은 떠나 온 고향이었소.

그림자는 어둠에 묻히어 사라지고 없소. 거적에 덮인 나무 토막이 하나 길가에 놓여 있소. 종일을 찾아 헤매던 그 주인이 홀로 잠들어 있는 거요. 먹물 같은 바다에 하나의 별빛이 새로 박히오. 지금 수많은 별들의 속삭임 속에 길은 외롭지는 아니하오.

　발자국 소리가 다가오고 있소. 온 하늘을 덮은 크낙한 그림자가 점잖게 기침을 하고 어슬렁어슬렁 지나가는 소리요.

꽃

1
봄이
꽃을 피게 하지는 않았다
영원 이전부터 줄기찬 마음
꽃이
스스로를 나타낼 그 날
봄을 기다리고 있었다

누리의 어두운 마음 안에서
꽃눈은
사시사철 자라나고 있었다

구름 밖 아득한 하늘 위에는
언제나 사랑의
탐스런 한 송이
투명의 꽃이 피어 있었다

꽃은
멀리 기약하던 그 날

오늘을 맞아
지금은 색깔이 되어
함빡 웃음 짓고 있었다

2
눈부신 한낮에
나의 사랑은
더듬더듬 길을 찾고 있었다

떨어져 오는 꽃잎 속에서
스쳐가는 그 날
언덕마루 저 너머
사라져가는 또 하나의 봄을
울고, 나는 있었다

윤회 輪廻

1
커다란 덩어리가
색깔도
무게도 아닌,

가없는 벌판을
한 줄기 자국을 남기며
굴러가고 있었다.

토끼의 발자국
곰의 발자국
사람의 발자국

그리고 무수한
들짐승 날짐승의
발자국 같은.

2
캄캄한 방 안에
홀로 누워서
심호흡을 하고 있다.

색깔도
무게도 아닌
커다란 덩어리가.

바람 소리

바람이 불면
처마 끝 풍경은
풍경 소리를 내고
찢어진 문풍지는
문풍지 소리를 냈다

또 바람은
바다에서 파도 소리를
산에서는 솔바람 소리를
내게 하지만
어느 소리도 바람
저의 소리는 아니었다

오늘도 바람은
처마 끝 풍경에게
찢어진 문풍지에게
바람 안에서 웃고 있는
바람 안에서 울고 있는
가느다란 가느다란

저의 소리를

되풀이 되풀이

묻고 있는 것이다

식욕기食慾記

나의 식욕은 왕성하다. 언제나 식탁에는 성찬이 차려 있다. 그러나 얼마쯤 쉬어 있고 썩어 있다. 허기를 메꾸고 나면 으레 복통이 찾아온다. 그래도 또 나는 먹는다.

그런데 요사이 나의 생리가 좀 이상해간다. 전처럼 식후의 심한 복통이 없어져간다. 나의 위장은 받아들인 음식물과는 차츰 무관하여지는가. 다만 암흑의 터널이 되어 그냥 지나만 가는가. 어떻든 복통이 적어지니 편해서 좋다. 더욱 나는 먹는다. 세상을 온통 먹더라도 끝은 안 나겠다.

나날이 나는 말라가고 있다.

제3부

오늘은 무요일

아침

아침 골목길을
예언像言의 눈으로 나를 보며
길게 고양이 그림자가 스쳤다.

귀뚜리는
세월의 뒷벽에 붙어
지난밤의 잔여를 울고 있었다.

내일의 길 모퉁이에서
그 여자는 아직
어제를 기다리고 있었다.

풀섶엔 하얀 가을이 내려
누리는 어린 채로
늙어가고 있었다.

길바닥에 때 묻은 포장지 조각이
하늘을 가슴에 안고
바람 속에서 음란하고 있었다.

무요일 無曜日

오늘은 무요일
어깨를 출렁이고
콧노래를 부르며
걸어가는 산보길

가끔 멈추고서
하늘 아래 땅 위를
먼 기억을 찾듯
물끄러미 바라보고

무심한 발걸음에
땅바닥의 벌레들
길섶의 풀나무가
다치지는 않을까

바람은 일지 않고
사방은 고요하이
원색의 풍경 속
아무도 뵈지 않네

콧노래를 부르며
어깨를 출렁이고
걸어가는 산보길
오늘은 무요일

혈흔血痕

무덤 속
눈을 뜬 다홍치마 새악시
장미꽃이 피었다
검푸른 쓰레기 밭……

메마른 벌판
지나간 한나절
가느다란 실개천
붉은 노을이 흐른다

네모진 쇠창살
침침한 그늘 속
나부낀 빨간 손수건
여인이여

높고 푸른 가을 하늘
도수장 지붕 위
둥글게 크게 여울진
마지막 선짓빛 소 울음

눈을 뜬 무덤 속 새악시
분홍 옷고름
달리아가 피었다
불타는 웃음······

동이 트기 전

잠을 이루지 못하는
흔들리는 풀잎의 이슬
미소한 벌레의 눈망울
바람 속에 호롱불

남녘에서 북녘에서
무지한 군화 소리
머리 위를 굴러가는
말 없는 기계 소리

막다른 굴 안
억만의 아우성
입을 벌린 늪
소리 없는 침몰들

부풀어오른 풍선
그 허망의 열의
한 개의 나사로
세계는 부서져가고

숨어서 자라는
이슬 안의 세계
새로운 지평
새벽, 외로운 도주

굴뚝에서

구조構造하는 구렁이
검은 의지의 나부낌
바람은 눈이 멀었다
꼬리 치는 상형문자
그 무의미의 해독解讀

꽃이 나비가 비둘기가 아니다
그것은 버섯과 우산과 박쥐
어두운 오직 하나의 통로
긴 한숨들의 승천
허무에의 자유만이

무한과의 포옹
흰 구름의 여장旅裝
노을 진 산마루 너머
다시 한 번 초록이면
영원 · 꿈은 무보수

한숨이며 꿈이며 미움도 사랑도

타오르는 피의 열도熱度

바람이 눈을 뜬다
지금 시종의 푸른 숨결 속
해체解體하는 구렁이

풍화風化

합주하는 소음
그 장단에 맞춰
흔들리는 나의 의자
상하上下하는 천장
오피스 룸

이중二重하는 문자
서류는 가쁘게 충혈하고
지면에서 나의 펜촉은
칠면조의 겉 입술로
흐늘거린다

집 밖은 가을
냉혈의 손이 왈츠 조로 흩뿌리는
황금의 낙엽
오늘 나의 가난이 받는
무상無償의 축복

보도는 지금

무저항의 스펀지
그리하여 발자국마다
나의 귀로는
끝이 없는 고달픔

세월이 먼지처럼 쌓이고
흐트러지는 나의 시선에
타버린 지평 地平
쭈그러진 풍선 風船
뭉그러진 연시 軟柿

성城

성벽이 높은
성이 있다
성안의 풍경은
모두 졸고 있다
세월이 내리는
눈같이 쌓인다

나는
성벽을 창문처럼
뚫는다
시야視野는
일제히 탈출한다
성 밖은
비바람이
또는 타오르는
불길이
자꾸 흔들리는 지평이

나는

탈출하지 않는다

창문은
다시 성벽이 된다
성은
가라앉는 방주方舟가 된다

종이비행기

종이비행기
바람결에 흔들리어
오르락내리락
종이비행기
푸른 하늘 멀리멀리
하얀 종이비행기

냇물 위에 떠오는
가을 잎 한 닢
사랑 주면 사랑 받고
아니 주면 아니 받고
냇물 위에 떠가는
가을 잎 한 닢

철갑의 지옥문
두드리는 소리
마음이 퍼어렇게
멍드는 소리
이승 너머 저승 너머

퍼져가는 종소리

꽃이 없는
빈 항아리
가득 차오르는
고요의 그늘
꽃 자리마다
화살로 꽂혀오는
서산의 노을

제4부

떠남을 어찌 탓하랴

사랑 1

아냐
이런 것이 사랑일 수는 없어,
사랑 같은 것 사랑 같은 것 하면서
그 여자는 말한다
도레도레 작은 머리 흔들며
풋내기 스무 살
그 여자는 말한다.

스물 지나고
서른 지나고
마흔 지나고
쉰을 넘고 아직
그러나 열심히 사랑을 앓는 사나이에게
그 여자는 말한다.

사랑,
그것은 있는 것도 없는 것도 아닌 것을
밤하늘에 번쩍하고 꺼지는
아, 한번 불꽃인 것을

그 여자는 모르면서 말한다.

아냐 아냐
이런 것이 사랑일 수는 없어.

사랑 2

사랑이란
해도 달도
새소리 벌레 소리도
사라지게 하는 것

산보다 물보다
바위보다도
크고 깊고 단단하게
나를 가둔 울타리

사랑이란
나를 여기 있게
외롭게 아프게
나를 여기 있게 하는 것

사랑 3

새 사랑이 더 좋아
그 사람은 떠났다
사랑은 자유이거니
해가 뜨고 해가 지듯
너도 나도 어찌하지 못하는
사랑은 자유이거니
그 떠남을 어찌 탓하랴

들 너머 해가 지듯
내 마음의 지평
붉게 붉게 물들게 하며
그 사람은 떠났다
사랑은 자유이거니
달이 뜨고 달이 지듯
너도 나도 어찌하지 못하는
사랑은 자유이거니

지난 가을엔

진달래 개나리도
보았지
봄엔,
지난 가을엔
코스모스도
길가에서 몸을 흔들던
코스모스도
너와 나는 함께 보았지

빈 의자와
나의 어지러움과
풀잎에
새긴 이름

가을은 오는데

또 보아도
보고픈 마음
미운 사람아

여름은 가고
꽃도 없이
여름은 가고

쓰디쓴 땀
온몸 적시인
여름은 가고

가을 잎 하나 둘
갈 곳 잃은 나의 편지
가을은 오는데……

겨울나무

때 절은 옷 벗듯
잎을 버리고
가지만 앙상히
수줍은 나무

잎이 없는 나무처럼
때 묻은 낱말은
다 떨쳐버리고
입 다문 나의 넋이여

고운 이에게
주고픈 하 많은 마음
새봄 새잎 되어
하얀 가지 끝에 돋아날 것을

조약돌

나의 마음은
티 없이 맑고 아름다운
보석이 아닌가보다

너의 기쁨을 너의 슬픔을
너의 영혼의 방 구석구석을
환히 비춰주는
빛나는 보석이 아닌가보다

먼지에 쌓여 길가에 놓인
제 마음속도 보지 못하는
눈먼 조약돌인가보다

안으로 눈물 삭이며
천 번을 죽고 태어나도
빛나는 보석은 될 수 없는
못난 조약돌인가보다

제5부

정은 여기 두고

구월

구월이
내 앞에 와 섰다
책장을 하나 넘기듯
새로 펼쳐지는 새 풍경이다

구십 도로 길을 꺾어 들면
걸어온 길이 갑자기 안 보이듯
팔월은 사라지고

작은 시골역에 내릴 때
눈에 와 닿는
역 앞 한가하고 쓸쓸한 마당처럼
구월은 허전만 하다

구름 걷힌
구월 깊푸른 하늘 속처럼
환하게 내 마음속을
볼 수는 없는 걸까
나의 사랑 나의 삶

그 순도와 그 의미를

고무 풍선

그리움이 마음 안에 자꾸 쌓이면
고무 풍선에 바람을
자꾸 불어넣을 때
만삭의 여인의 뱃가죽처럼
팽팽히 그리고
얇고 말갛게 늘어나다가
끝내는 풍선이 터지고야 말 듯이

쌓이고 쌓인 그리움이 어느 땐가
나의 마음 주머니를 찢고
파아란 허공 속에 산산이 흩어져 나가
어미 잃은 고아들처럼
백 년을 천 년을 헤매일 건가

내 살아온 세월의 부피보다도
많고 많은 그리움의 부피

밤바다에

죽은 여자여
별 없는 밤바다에
지는 꽃으로

때 묻은 꽃잎 스스로가 너무 미워서
스물넷 늦가을
창 닫은 작은 방에서
혼자 죽은 여자여

나도 한 겹 더러움이었던
해운대 밤바다가……
어둠 속 꽃 한 송이
해맑은 너의 미소가

정은 여기 두고

마음의 부피를 열이라 치자
외로움도 열 슬픔도 열
물이 가득 찬 물독처럼
힘에 겨운 외로움과 슬픔의 무게

목숨이 다하여 물독이 깨어지는 날
독 안의 물과도 같은
내 마음은
어디로 흘러갈 것인가

땅에 스며들고 남은 물이
강으로 바다로 흘러가듯이
정은 여기 두고
그리고 남은 마음 있다면
어디로 어디로 흘러갈 것인가

사진첩

어머니의 사진첩을 뒤적인다
그나마 좋던 날의 작은 흔적들
조금은 웃고 조금은 찡그린 채
나를 바라보시는 어머니
그립고 막막한 내 가슴속
되살아오는 정겨운 목소리

남편과 자식 좁은 삶의 울타리 안에
뜨겁고 외골수였던 사랑과 노여움
당신의 꿈이며 꽃이며 아픔이었던
못난 아들 큰자식인 내가
언제나 목석 같던 내가

이제는 흰머리 숙여 숙여
내 마음 회한의 낙엽이 되어
조금은 웃고 조금은 찡그린 채
사진 속 서서 계신 어머니 앞에
쌓이는 회한의 낙엽이 되어

오월

어머니의 식은 몸
땅에 묻던 날
무덤가 나무 위의
새소리는 아름다웠네

이제는 괜찮다
이제는 괜찮다
어머니의 목소리
햇살 따라 들려오고

앉은뱅이로 고생하신 어머니
그 마음 반은 내 가슴에 묻고
그 마음 반은
오월의 하늘로 날아가셨네

성천 아카데미*는

성천 아카데미는 어린이 그림 학원 같아요
스물 남음에서 여든 살까지
다 함께 여자 남자 어린이 되어
그림 배우는 그림 학원 같아요

눈망울 초롱초롱
맑게 굴리는 어린이 되어
서투른 솜씨로
그림 배우는 그림 학원 같아요

초등학교 일학년짜리
엄마 아빠의 얼굴 그림같이
어찌 보면 엄마 아빠와 비슷하고
어찌 보면 엄마 아빠와 비슷하지 않은
어린이 그림같이

어찌 보면 비슷하고 어찌 보면 비슷하지 않게
하나의 얼굴을
거듭 거듭 나름대로 그려보는

성천 아카데미는 어린이 그림 학원 같아요

* 성천 아카데미에서는 동서 고전강좌를 개설하고 있음.

강가에서

있다는 것은 변한다는 것이다

자전거는 굴러갈 때만 서 있을 수가 있듯이 변하는 것이
바로 있는 것이다

흘러가는 강가의 움직이지 않는 바위처럼 변하지 않고 그
대로 있는 것이 오직 하나 있다

움직이지 않는 바위이기에 흐르는 강물을 가늠할 수 있듯
이 변하지 않는 것만이 변하는 것을 알 수 있다

모든 것이 변하는 것을 내 마음이 알고 느끼는 것은 곧 내
마음이 변함없이 그대로 있다는 것이다

끝없는 세월 모든 것이 변해도 강가에 서 있는 바위와도
같이 내 마음은 언제나 한자리에서 오늘을 살고 있는 것이다

제6부

징검다리가 되어

산 1

관악산에 오른다.
무성한 나무에
봄에는 새잎 되고
가을에는 가을 잎 되어
떨어져가는 저 많은 나뭇잎들처럼
우리도 나고 그리고 스러진다.

하나의 나뭇잎이 시들 때
나무는 시들고
하나의 나뭇잎이 성할 때
나무도 성한다.
잎들의 나고 지는 숨결로
살아가는 나무는
작은 잎새들의 큰 하나다.
나의 큰 하나인 내 속의 당신이여.

가는 세월 봄 가을
잎은 나고 잎은 져도
잎은 언제나 나무다.

산 2

이른 봄 산에 오르니
물기 오르는 숲 속
여기저기서 지저귀는
갖가지 멧새 소리들

나의 몸 안 깊은 곳
마음의 빼곡한 숲 속에서
나무들 사이사이로 들려오는
저 첫날의 새소리들

산 3

바람이 분다.
관악산 연주암 아래
쉼터에 앉아 있는
나의 볼을 스치며
실바람이 분다.

잡을 수 없는 손길
백팔 번뇌의 산마루 넘어
실바람이 분다.

산 4

등산길 중턱에 푯말이 하나 있다.
푯말 건너편에 휴식 벤치가 있다.

산에는 지금 비가 내리고
산길 흩어진 낙엽들은 비에 젖어 있다.

── 흔적(쓰레기)을 남기지 맙시다. ──

산에는 쉼 없이 비가 내리고
젖은 낙엽처럼 나는 벤치에 앉아 있다.

내일

떠나고 나면 버릴
누더기 옷인 것을
무너져갈 빈집인 것을

세상사 이리저리
늦가을 바람 속
낙엽처럼 뒹구는데

곱게 오늘을 분칠하고
헛되이 기다리는
영 오지 않는 내일

징검다리가 되어

목숨의 씨알이
너의 몸 밭에 심겨져
푸른 새 목숨으로 자라나
또 하나의 징검다리가 되어
끝 없는 세월의 강물을 건너가듯

그 먼 날의 노래가
너의 마음 밭에 심겨져
금빛 새 노래로 태어나
또 하나의 징검다리가 되어
가없는 마음 하늘 건너가리라

시간의 두께

어두운 방 안에 갑자기 한 줄기 빛이
하얀 폭포수처럼 쏟아져 들어온다.
그 빛줄기 속에 반짝이며 부유하는
무수한 먼지 알들 그 미미한 먼지 알들의
부피 또는 무게의 차이 나 그리고 너.

부유하던 하나의 먼지 알이 빛줄기 밖
어둠 속으로 숨는다.
새로 하나의 먼지 알이 어둠에서
빛줄기 안으로 반짝이며 들어온다.
이 빛줄기도 곧 사라질 것이다.
겹겹이 쌓여가는 시간의 두께.

'죽음으로 향한' 존재에 대한 인식

박호영
문학평론가 · 한성대 교수

1

시인 민웅식의 의식은 죽음으로 향해 있다. 여기서 죽음으로 향해 있다는 것은 죽음 그 자체에 대한 인식과 아울러 현재의 자신의 존재에 대한 물음이 포함된다. 인생의 황혼기에 들어선 그는 이제 얼마 남지 않았으리라 짐작되는 삶의 도정道程에서 걸어온 길을 뒤돌아보며 과연 '나'란 존재는 무엇일까를 스스로에게 묻는 것이다.

이때 그가 얻는 결론은 존재에 대한 무상이다. 얼마 안 가 '나'란 존재가 죽음과 함께 없어진다고 생각하니 지금까지의 모든 일들이 부질없고 덧없는 것이다. 아마도 창작의 붓을 거의 놓다시피 했던 그가 그동안 모아두었던 작품들을 정리해서 두 번째 시집을 묶어 내놓는 것도 삶의 무상감을 느껴 자신이 자신에 대해 위안을 받고자 함인지도 모른다.

'나'를 돌아보고 '나'를 정리한다는 것은 분명 의미 있는 작업이다. 특히 앞으로 살아갈 날이 살아온 날보다 짧게 남은 이들에게 이처럼 소중한 작업은 없다. 그러나 실상 우리는 죽음이 코앞에 닥쳤을 때 자신의 삶을 되돌아보고, 과거의 행적을 후회한다.

죽음을 앞서 달려가 보아야 하는데 그렇게 하는 이는 드물다. 언제나 죽음이 멀리 있다고 생각하고, 심지어는 자기에게는 죽음이 쉽게 오지 않으리라고 믿는다. 주위 친지들이 부음訃音으로 그들의 죽음을 알려오는데도 죽음을 심각하게 받아들이지 않는다. 하지만 유한한 존재가 인간인데 죽음으로부터 자유로운 자가 누가 있겠는가.

죽음은 늘 우리 옆에 있다. 언제 어디서 우리는 죽음을 맞이할 줄 모른다. 그러므로 우리는 죽음을 의식하고, 죽음에 대비해야 한다. 죽음을 의식하지 못하고 살아가는 자처럼 불행한 자는 없다. 우리가 죽음을 의식할 때 우리는 죽음으로부터 구제된다. 그리고 모든 세계는 현존의 의미를 우리에게 내보인다.

저무는 하늘 아래 바람이 부는 것도, 가로수의 잎들이 누렇게 변한 후 낙엽으로 떨어짐도, 겨울에 소록소록 눈이 내림도 그 나름의 의미를 지닌다는 것을 알게 되는 것이다.

이런 점에서 시인의 시적 인식이 죽음으로 향해 있다는 것은 정당한 포즈라고 할 수 있다.

2

　민웅식의 시는 죽음으로 향해 있기에 미래로 달려가 현재를 되돌아보는 양상을 띤다. 구름을 보더라도 자신도 죽으면 구름이 되어 푸른 하늘을 흐를 것으로 생각하고, 그때는 "오늘을 살던 이 서러운 인연이／담 모퉁이 핀 한 송이 봉선화로／어여쁘게 눈물겹게 보일 것은 아닌가"(「구름」)라고 얘기한다. 먼 뒷날에서 오늘을 생각하는 것이다.

　그의 말대로 우리 인간이란 존재는 담 모퉁이에 핀 한 송이 봉선화에 지나지 않는지 모른다. 죽으면 '나' 란 존재는 없거늘, 우리 모두가 인간이기에 이러한 유한성을 지녔거늘, 살면서 얼마나 우리는 집착을 가지고 이기주의에 빠져 있었던가. 그러므로 죽음에로 앞서 달려가 본다는 것은 양심에 귀를 기울이는 것이나 다름이 없다.

　양심에 귀를 기울일 때 허상의 '나' 는 그 꺼풀을 벗고 '나' 는 비로소 정체성을 지닌 '나' 로 존재한다. 그가 눈앞의 사물들에 몰두함도 이런 측면에서 이해되어야 한다.

　　이제는 가을
　　돌아가겠다

　　푸르던 몸 누렇게
　　마지막 사치하여

불어오던 바람결에
돌아가겠다

– 「가로수」 부분

그러나 넘어설 수 없는 울 밖
세월의 좁은 골목길
끝없는 나의 서성거림 위에

눈이 내린다
마지막 유예猶豫의 눈이 내린다

– 「눈이 내린다」 부분

이처럼 그는 가로수를 보더라도 떨어질 낙엽을 자신의 존재처럼 생각하고, 푸르던 잎이 누렇게 변함을 죽음을 맞기 전의 마지막 사치로 보며, 눈이 내리는 것을 보고서도 그 눈을 끝없는 나의 서성거림에 마지막 유예의 기간을 주는 눈으로 인식한다.

사실 인간이 자연의 일부란 것을 생각하면 인간의 삶이란 것도 사물들의 생존의 모습이나 마찬가지이다. 사물들로부터 자아를 발견할 수 있는 것은 그 때문이다. 그러나 일반적으로 우리는 사물을 우리와는 별개의 존재로 인식한다. 만물의 영장인 인간을 위해 존재하는 부속물쯤으로 여기는 것이다. 그러므로 사물의 생태를 눈여겨보지 않는다.

인간의 오만함은 그로부터 생긴다. 이 오만함이 사라지는 것은 죽음을 직시하게 되는 순간부터이다. 나도 한 줌 흙으로 돌아가 자연의 일부가 된다는 것을 그때야 깨닫는다.

시인은 죽음을 바라보게 된 나이에 이르러 인간이 죽으면 자연으로 돌아간다는 것, 이것은 인간으로서는 불가항력적인 우주의 섭리라는 것을 전보다 더욱 절실히 간파했다. 그래서 「문門」이라는 시에서도 '문門처럼 서 있는 나'의 존재가 세월이 흐르면 아버지의 모습으로, 할아버지의 모습으로, 조상들의 모습으로 변해가다가 끝내는 흔들리는 한 그루의 나무의 모습으로, 엎드린 검은 바위의 모습으로, 있는 듯 없는 듯한 바람의 모습으로 변해가는 것이라고 노래했다.

①
여기는 그늘진
삶의 뒤안길
저무는 하늘 아래
바람이 부는데

온 소리는 죽고
뉘 집에서
들려오는
먼 날의 시계 종소리

－「모색 暮色」 부분

②

흐르는 강물에

일그러져 떠가는

나의 그림자

걷는 자욱자욱

일그러진 그림자를

울며 밟고 홀로 가면

먼 산이 먼 산이

나를 에워싸고

이 한밤 따라온다

―「달밤」 부분

①의 시에서도 그의 세계관이 잘 드러나 있다. '모색 暮色'
이란 시의 제목이 암시하듯 그늘진 삶의 뒤안길에서 그는
먼 날의 시계 종소리를 듣는다. 그것은 그의 부음訃音일 수도
있고, 그를 불러들이는 신의 음성일 수도 있다. 이런 것을 보
면 그는 죽음을 맞이할 채비를 지금부터 하고 있는 것인지
도 모른다.

'그늘진' '뒤안길' '저무는' '죽고' 등의 시어가 환기하는
회색빛 조락의 이미지는 죽음을 의식하는 이의 쓸쓸하고 허
전한 정조를 한층 부각시킨다. 그러나 한편으로 '먼 날의 시

계 종소리' 같은 구절로부터 죽음을 앞서 달려가 보는, 선지
자와도 같은 여유를 엿보게 되기도 한다.

②에서는 강물에 비친 자신의 모습을 '일그러진 그림자'
로 표현하고 있다. '흐르는 강물'이란 시간의 경과를 나타내
는 데 흔히 쓰는 비유이다. 역사를 지칭하기도 한다. 시인만
을 생각한다면 그의 살아온 과거일 수도 있다. 그런데 자신
의 그림자를 일그러진 것으로 시인은 보고 있다.

이것은 무슨 의미일까? 그만큼 자기가 바라는 대로 살아오
지 못했음을 말해주는 것이다. 서럽고 눈물겹게 살아온 것이
시인의 과거의 삶이다. 이 삶은 누가 보상해주는 것도 아니
요, 그대로 시인 자신의 몫이다. 그러기에 일그러진 그림자를
"울며 밟고 홀로 가"는 것이다. 이렇게 볼 때 ②도 ①과 마찬
가지로 쓸쓸하고 허전한 정조가 지배적인 시라고 할 수 있다.

'일그러진 그림자'란 표현을 통해 또 하나 추출할 수 있
는 것이 자아 성찰의 태도이다. 그는 거울과도 같은 '강물'
에 자기 자신을 비춰 '일그러진' 모습을 발견했다. 그러나
그가 거울과 같은 대상을 찾는 것은 강물만이 아니다. 유리
창, 하늘을 통해서도 그는 자신의 실재의 모습을 발견하고
자 한다.

유리창을 통해서는 "네가 / 나일 수 없는 / 차디찬 한계"(『유
리창』)를 느끼며, "그늘 걷힌 / 구월 깊푸른 하늘"(『구월』)을 통
해서는 '내 마음속'을 들여다보고자 한다. "나의 사랑과 나의
삶 / 그 순도와 의미"는 들여다볼 때만이 그 정체를 드러낸다.

이 같은 '거울'을 통한 자아 성찰의 노력은 직접적으로 거울을 대상으로 이루어지기도 한다.

마주선 두 거울로
너와 내가 그리움으로 마주 보면
너와 나의 마음 안에
끝이 없는 창문이 열린다

─「거울 2」부분

나의 마음은
열 스물로
깨져 흩어진
작은 거울 한 조각

흩어진 거울마다
조각난 하늘
조각난 구름

다시는 돌아오지 않을
그 여름과 겨울
그리고 칼날 같은 아픔의
낮과 밤이 비치고

─「거울 3」부분

마주선 두 거울로 있게 되니 거울을 통해 너와 나의 마음 안에 끝이 없는 창문이 열리고, 마음이 "열 스물로 / 깨져 흩어진" 거울이다 보니 그를 통해 '그 여름과 겨울'이 다시는 돌아오지 않을 것을 알고, "칼날 같은 아픔의 낮과 밤"이 나타난다.

이렇듯 거울은 실재의 '나'와 허상의 '나'를 연결시키는 매개물로서, 아이러니컬하게도 나의 실체는 허상의 '나'를 들여다봄으로써 파악된다. 그것은 경탄할 만한 거울의 기능이다. 시인의 의식이 죽음으로 향해 있기 때문에 거울을 통한 자아 성찰의식이 자연스러운 것이긴 하지만 존재의 의미를 밝히려는 그의 노력은 사물에 몰두함과 더불어 이같이 자아 성찰의 자세를 통해서도 행해지고 있는 것이다.

3

민웅식은 그의 시집 맨 앞 부분에 "존재는 곧 무상이나 무상에 잡히지 말고 상을 보아라. 상은 무상 속에만 있으니 무상은 귀하고 중하여라"는 불교의 무상의 존재론을 소개하고 있다. 붓다에 의하면 무상한 존재 속에, 인간도 또한 그 존재의 일부로서, 무상의 운명 밑에 놓여 있다.

따라서 인간이 아무리 원한다 해도, 언제까지나 젊고, 언제까지나 건강하고, 언제까지나 살아 있을 수 없다. 문자 그대로 인간은 유한한 존재이다. 시인 자신이 늙어보니 존재의 불안함과 더불어 이 사실은 더욱 진실로 다가온다. 그래서 그는 그 무상의 진리를 사물의 모습을 통해, 자아 성찰의 자세를 통해 독자들에게 전달하고자 하였다. 자기만의 깨달음이 아닌 우리 모두의 깨달음이 되기를 바란 것이다.

시인은 이 시집의 초판인 『오늘은 무요일』의 책머리에 "우리 모두 죽어서는 하나가 되겠지만 살아 있는 동안 서로의 마음을 잇는 작은 통로가 한두 편만이라도 되기를 바랄 뿐이다"라고 적어놓기도 했다. 이 짤막한 구절에서 그의 소박하면서도 인정미 넘치는 마음씨를 피부로 느낀다. 그가 생각하기에 우리 인간이란 죽으면 다 마찬가지인 존재들이다. 잘난 사람도 못난 사람도 죽으면 그만이다. 그러므로 살아 있을 때 서로가 위해주고 마음과 마음을 이어야 한다. 그에겐 이제 인간들 사이에서 부대끼며 생기는 미움이나 시기, 질투, 이기심 등이 없다. 대신에 그의 마음은 생에 대한 달관에서 오는 휴머니티로 가득 차 있다. 이러한 달관의 자세를 갖게 된 것은 그가 '죽음으로 향한' 존재에 대한 인식을 하였기 때문이다.

죽음을 앞서 달려가 봄으로써 자신의 정체성을 찾을 수 있었고, 지나온 삶을 뒤돌아보는 여유도 가지게 되었다. 또 남에 대한 배려도 하게끔 되었다. 21세기를 들어서면서 날로 인간관계가 황폐화되고 있는 저간의 사정에 비추어 볼 때 휴머니티를 바탕으로 한 그의 이 같은 시의식은 값진 것이 아닐 수 없다. 그런 점에서 이번 시집은 그 나름의 의미를 지닌다고 하겠다.

영원과 내통하는 달관

　우리 시단에는 양산量産 위주로 내닫는 시인이 많다. 매달 여러 편씩 시를 발표한 뒤 한 해가 멀다하게 호화판 시집 출판으로 명예를 유지하는 시인이 그것이다. 시작詩作 생활을 영위하기가 여러 모로 어려운 형편에 시작 활동이 왕성하다는 것은 분명히 다행한 일이긴 하다. 양산 위주라고 해서 나무랄 이유가 따로 없고 오히려 그 왕성한 의욕과 저력에 경의를 표해도 좋을 것이다. 그러나 시인의 생명은 쉬지 않고 시작을 하는 데도 있겠지만, 그보다는 작품이 지니고 있는 무게와 그 질에 의해서 지속되는 것이라고 봐야 할 것이다. 양산 위주로 만족하는 시인 가운데는 부도수표를 남발하는 것과도 상통하는 난삽한 작품이 적지 않았던 까닭이다. 어떤 의미에서 시단의 저조는 양산 시인들의 부도수표 남발에 그 일단의 책임을 지워도 좋을 것이다. 단 몇 편이라도 시다운 시를 남길 수 있다면 시인은 명예로운 지위를 결코 욕되게 하지 않는다고 믿기 때문이다.

민웅식 시인은 데뷔 이래 '다작'보다는 '과작'의 편에 있어왔다. 어느 때는 수년 씩을 침묵으로 일관하는 때도 있었다. 시단 생활 15, 6년 만에 첫 시집 『붕괴』를 내놓게 된 것은 그로서는 일대용단―大勇斷임이 분명하다. 물론 시의 옹호자들은 그가 비록 과작이라 하더라도 그를 결코 잊어버리지는 않고 있다. 『붕괴』는 이런 의미에서 그를 아끼는 사람들에게 그의 건재와 새로운 시의 전개를 약속하는 계기가 될 것으로 확신한다.

　　이 천지간에 나 하나 있었다.
　　산이 물이 구름이 그리고 온갖 것이 비치는 마음 하나
　있었다. 산을 보곤 산이 되고, 물을 보곤 물이 되고, 구름
　을 보곤 구름이 되고…… 그러나 제 모습은 못 비치는 하

나의 거울처럼—

    그것은 오히려 뜻 없는 또 하나의 산이 아니었던가. 물
이 아니었던가. 구름이 아니었던가…… 너울거리는 풀잎
이, 썩어가는 나무토막이. 내던진 돌멩이가 아니었던가.
있어도 없는 것이 나는 아니었던가.

—「거울 1」부분

    민웅식 시인의 데뷔작인 「거울1」은 50년대의 대표작으로
꼽혀왔다. 조지훈 선생은 추천사에서 그의 시를 '완미한
시'라고 말한 것은 어느 모로 보나 그를 정당하게 인정한 것
이다.

    그가 파악하고 있는 인생은 전기작품前記作品 「거울1」에 투
영되고 있듯이 "있어도 없는 것"으로 요약된다. 시에서 인생

론을, 그것도 난해한 불교의 무아사상을 이만큼 시적으로 승화시키기란 용이한 일이 아니다.

웬만한 교양이나 달관을 기초로 하지 않고는 성공하기 어려운 까닭이다. 우리는 이미 '나'라고 하는 자존自存의 세계를 초월해 있는 너그러운 포용을 이 시집의 도처에서 발견하게 되는 것이다. 그의 과작은 영원성과 내통하고 있는 정신세계 때문이라고 이해할 수 있을 것이다. 오랜만의 정리整理를 통하여 새로운 진전이 있을 것으로 확신한다.

—『동대신문』1971년 3월 22일

2000년에 발간한 시집『오늘은 무요일』에 몇 편의 시를 보태어 새로 만든 것이 이 시집이다. 『오늘은 무요일』에서 평자는 작품 대부분을 나의 노년의 것으로 오해하고 있으나 실은 작품 3분의 2 정도가 나의 2, 30대 때의 것이다.

나의 사생관이나 세계관은 세월 따라 별로 달라진 것이 없다. 생명은 수단이고 과정이며 바로 그대로가 완성이고 소멸이다. 평자의 말같이 나이 들어 뒤돌아보고 쓴 것이 아니라 초년부터 항시 존재 속 아득한 것을 생각하며 써온 것이 내 작품의 진실이다. 나의 시 정신이나 시작품이 보다 근원적 시각에서 가늠되었다면 하는 아쉬움과 바람이 있다.

이 시집에 실린 51편의 시가 내 평생 시 작업의 전부이다. 참으로 과작이라 하겠다. 좋게 말해 순수하고, 나쁘게 말해 단순하다 할 작품들 중 몇 편이라도 읽는 이의 마음에 닿는 것이 있다면 다행이라 하겠다.

끝으로, 수고하신 문학수첩 관계인 여러분에게 감사의 뜻을 전한다.